Otto Apelt

Betrachtungen über Kants Entwurf Zum ewigen Frieden

Antigonos

Otto Apelt

Betrachtungen über Kants Entwurf Zum ewigen Frieden

Unveränderter Nachdruck der Originalausgabe von 1873.

1. Auflage 2024 | ISBN: 978-3-38640-004-6

Antigonos Verlag ist ein Imprint der Outlook Verlagsgesellschaft mbH.

Verlag: Outlook Verlag GmbH, Zeilweg 44, 60439 Frankfurt, Deutschland
Vertretungsberechtigt: E. Roepke, Zeilweg 44, 60439 Frankfurt, Deutschland
Druck: Libri Plureos GmbH, Friedensallee 273, 22763 Hamburg, Deutschland

Betrachtungen

über

Kants Entwurf zum ewigen Frieden.

Rede am Geburtstag des Kaisers

22. März 1873

in der Aula des Gymnasiums zu Weimar gehalten

von

Dr. Otto Apelt,

Gymnasiallehrer in Weimar.

—————⸎—————

Weimar,

Druck der Hof-Buchdruckerei.

1873.

Nach langen Zeiten der Zersplitterung und Ohnmacht haben
die glanzvollen Ereignisse der jüngsten Vergangenheit uns zu
fester und starker nationaler Einigung geführt. Was Deutsch=
lands edelste Männer seit einem halben Jahrhundert erstrebt,
jetzt ist es zur That geworden. Fest und sicher ist der Bau
gefügt, Achtung gebietend dem Nachbar; und sind auch dem
innern Ausbau noch zahlreiche, schwierige Aufgaben vorbehalten,
wir zweifeln nicht an des Werkes Gelingen und erblicken in der
treuen Hingabe an die noch zu leistende Arbeit einen heilsamen
Schutz gegen Ueberhebung nicht minder wie gegen Erschlaffung.
Mag auch verletzte Selbstsucht und vaterlandslose Gesinnung das
Geschehene ungeschehen wünschen, wir glauben an die allsiegende
Gewalt des nationalen Gedankens, wir halten das Vaterland,
das theure, fest mit unserm ganzen Herzen und finden in ihm
die starken Wurzeln unsrer Kraft. Je sicherer aber wir uns
in der neuen Ordnung fühlen, je ungeahnter sich alle Kräfte
unseres Volkes in ihr entfalten und fast zu vervielfältigen scheinen,
desto inniger gehört unsere Verehrung dem, dessen Einsicht und
Kraft wir das Errungene nicht zum kleinsten Theil danken, der
den Bann gelöst hat, der auf uns ruhte, unserm allgeliebten
Kaiser. Wir preisen den Himmel, der über seinen Lebensabend
das Füllhorn seiner Gnade ausgegossen und an ihm so herrlich
den Göthe'schen Spruch hat zur Wahrheit werden lassen „was
man in der Jugend wünscht, hat man im Alter die Fülle".
Es bedürfte keines besonderen Anlasses, ihn unserer Liebe, unserer

1 *

Verehrung zu versichern, denn allezeit ist ihm die dankbarste Stätte bereitet in dem Herzen jedes Deutschen; aber wir begrüßen den heutigen Tag in freudiger Erregung als denjenigen, der unser aller Dankbarkeit einen gemeinsamen Ausdruck verleiht, wir begrüßen ihn als den wahren Tag aller Deutschen. Wenn heut durch die deutschen Gaue mit Begeisterung das „Heil Dir im Siegerkranz" ertönt, da steht in erneut lebendiger Erinnerung vor unserm Geiste all' das Große, das Unglaubliche, dessen Zeugen zu sein wir das Glück hatten. Noch einmal sehen wir den greisen Heldenkönig an der Spitze der begeisterten und ihr Leben gering achtenden Schaaren hinausziehen an die Grenzen, die Ehre des Volkes zu wahren, noch einmal sehen wir ihn im Donner der Geschütze mit ruhiger Besonnenheit den Gang der Schlachten verfolgen, noch einmal sehen wir ihn als sieggekrönten Kaiser zurückkehren und hören die weihevollen Worte des Friedens, die er, gerade am Tage vor seinem Geburtsfeste, an die versammelten Vertreter der Nation richtet.

Es ist die Mission des Friedens, die er in diesen seinen Worten dem neu erstandenen Reiche in richtigem Verständniß für die Wünsche und Bedürfnisse des Volkes zuweist. Wir wünschen den Krieg nicht, wir suchen ihn nicht. Allein wer bürgt uns für die gleiche Gesinnung bei unsern Nachbarn? Müssen wir auf eine neue Störung der Friedensarbeit nicht wenigstens gefaßt sein? Gewiß, Thorheit wäre es, sich solchen Gedanken zu verschließen. Die Zeitverhältnisse bieten in sich keine unbedingt sichere Gewähr des dauernden Friedens, wenn es auch in den letzten Jahren ebensowenig wie schon lange vorher an Menschenfreunden gefehlt hat, die durch wohlmeinende Vorschläge auf ewige Zeiten die Greuel des Krieges verbannen möchten. Wir begreifen und achten ihre Bemühungen, ja die Ereignisse der allerjüngsten Zeit scheinen ihren Bestrebungen einigen Erfolg zu versprechen; aber es wird ihnen nicht gelingen, den in unberechenbaren Windungen und oft über Cataracte einherfluthenden Strom der Geschichte in das gleichmäßig ruhige Bett eines Canals überzuleiten.

Auf ganz anderem Boden, als die Bestrebungen dieser Männer, die vermittelst ihrer Friedenscongresse wirklich der Politik ihren Stempel aufdrücken möchten, steht ein Entwurf zum ewigen Frieden, der ohne den Anspruch, auf die gegebenen Verhältnisse einwirken zu wollen, von wesentlich philosophischem Interesse, sicher der Beachtung werth ist, und wäre es auch nur, weil er den Namen unseres größten Philosophen, den Namen Immanuel Kants trägt. Er selbst verwahrt sich in der Vorrede nicht ohne einen Anflug von Ironie gegen die Unterstellung, als wolle er mit seinem Entwurf irgendwie in die praktische Politik eingreifen; und so wenig er dies beabsichtigt, so sehr verschmäht er es auch, den Blick der Leser auf die Ereignisse der Zeit hinzulenken. Der Entwurf stammt aus dem Jahre 1795. Es bedarf kaum der Erinnerung, daß dies Jahr inmitten jener sturmvollen Zeit liegt, welche Europa in seinen Grundfesten erschütterte und alles Bestehende mit Untergang bedrohte. Die furchtbarste aller Revolutionen feierte ihre Triumphe; die entmenschten Führer des Pöbels schwelgten im Blute ihrer Mitbürger; Greuel auf Greuel hatten sich gehäuft. Die Schreckensherrschaft des Wohlfahrtsausschusses hatte nicht nur Paris, hatte ganz Frankreich zum Schauplatz der entsetzlichsten Blutthaten gemacht. Alle Mächte Europas standen in Waffen gegen die ruchlose Republik; vergebens: wie nach Innen, so triumphirte sie nach Außen: siegreich kämpften ihre Heere jenseits der Alpen unter dem aufgehenden Sterne Napoleons, siegreich an den Pyrenäen, siegreich am Rhein und jenseits desselben. Savoyen und Nizza, Belgien und Holland gehorchten Frankreich. Preußen war genöthigt, um dem nördlichen Deutschland die Neutralität zu sichern, seine linksrheinischen Besitzungen in französischen Händen zu lassen. Ueberall Waffenlärm, der Krieg schien in Permanenz erklärt. — Von alledem bei Kant kein Wort; in ruhiger Betrachtung steht er über der Gegenwart. Zwar sind die Fragen, um die es sich hier handelt, in hohem Grade abhängig von den Zufälligkeiten zeitlicher Entwicklung und so zollt denn auch der Philosoph der wechselnden Mannigfaltigkeit der

Erscheinung seinen Tribut; aber schließlich nimmt doch die Betrachtung die Wendung zu den, keines Wandels fähigen, ewigen und unvertilgbaren Forderungen der Vernunft, eine Wendung so ganz im Kantischen Geiste, daß man, auch wenn man das Schriftchen nicht gelesen hätte, sie doch mit Sicherheit vermuthen könnte.

Der Entwurf hat äußerlich das Ansehen eines förmlichen Friedensinstruments, mit Präliminar-,*) Definitiv- und Zusatzartikeln. Kant fordert, und das ist sein erster Definitivartikel, als Bedingung für Erreichung des vorschwebenden Zwecks die **republikanische** Verfassung, die nach seiner Ansicht allein aus dem reinen Quell des Rechtsbegriffs entsprungen ist. Aber wenn er damit dem **Worte** nach mit den Forderungen so mancher früheren Denker übereinstimmt, so ist doch seine Ansicht über das **Wesen** der republikanischen Verfassung eine selbständige und eigenthümliche. Ob sie in allen Stücken zutreffend und befriedigend ist, oder ob die jetzigen Staatsrechtslehrer Recht haben, wenn sie dieselbe verwerfen, dies zu entscheiden, ist für unsern Zweck nicht nöthig. In sich ist die Ansicht klar und verständlich. Kant scheidet nämlich scharf und in characteristischer Weise die republikanische von der demokratischen Verfassung. Denn die letztere setzt nach ihm einen wesentlich anderen Ein-

---

*) Es wird genügen, diese Präliminarartikel, die vom Standpunkte der Jetztzeit der Mehrzahl nach nur als fromme Wünsche betrachtet werden können, kurz anzuführen: Es soll erstens kein Friedensschluß für einen solchen gelten, der mit dem geheimen Vorbehalt des Stoffs zu einem künftigen Kriege gemacht worden. Sodann soll kein für sich bestehender Staat, gleichviel ob klein oder groß, von einem andern Staate durch Erbung, Tausch, Kauf oder Schenkung erworben werden können; ferner sollen die stehenden Heere mit der Zeit ganz aufhören; es sollen keine Staatsschulden in Beziehung auf äußere Staatshändel gemacht werden, kein Staat soll sich in die Verfassung und Regierung eines andern Staates gewaltthätig einmischen und endlich soll sich kein Staat im Kriege mit einem andern solche Feindseligkeiten erlauben, welche das wechselseitige Zutrauen im künftigen Frieden unmöglich machen müssen, wie Anstellung von Meuchelmördern, Giftmischern, Brechung von Capitulationen, Anstiftung von Verrath in dem bekriegten Staate.

theilungsgrund voraus, als die erstere. Man kann die Formen des Staats eintheilen entweder nach dem Unterschiede der Personen, welche die Staatsgewalt inne haben, oder nach der Art, wie das Volk durch sein Oberhaupt regiert wird, dieses mag sein, welches es wolle. Auf dem ersteren, dem äußeren Eintheilungsgründe, beruht die Unterscheidung von Autokratie, Aristokratie, Demokratie, Fürstengewalt, Adelsgewalt, Volksgewalt; auf dem letzteren, dem inneren, die Eintheilung in republikanische und despotische Regierung. Daraus folgt für Kant, daß die republikanische Verfassung sich ebensogut mit der Monarchie verträgt, wie mit der Aristokratie; nur mit der Demokratie schlägt sie jede Gemeinschaft aus; denn aus deren Begriff weist Kant nach, daß sie nothwendig despotisch auftreten müsse. Wesentlich für die republikanische Verfassung aber ist die Trennung der ausführenden und gesetzgebenden Gewalt, sowie das repräsentative System, das jedem im Volke ein gewisses Maaß der Betheiligung an der Regierung gewährt und dem Willen der Gesammtheit den relativ besten Ausdruck verleiht.*) Man erkennt leicht den unterscheidenden Grundgedanken der Kantischen Ansicht. Nicht sowohl auf den Formen beruht die Vollkommenheit des Staates, als auf dem Geiste, der in den Formen lebt; dieser muß die herrschende Kraft sein, und sich erst die ihm anpassende Form erzeugen. Was nun den Zusammenhang dieser Forderung mit dem Ganzen der Schrift betrifft, so bezeichnet Kant die Weise, in welcher die republikanische Verfassung dem angestrebten Ziele zu dienen geeignet ist, in folgenden Worten: „Wenn, sagt er, die Beistimmung der Staatsbürger dazu erfordert wird, um zu beschließen, ob Krieg sein solle oder nicht, so ist nichts natürlicher, als daß, da sie alle Drangsale des Krieges über sich selbst beschließen müßten, sie sich sehr bedenken werden, ein so schlimmes Spiel anzufangen, während in einer Verfassung, die nicht republikanisch ist, es die unbedenklichste Sache von der

---

*) In unserer constitutionellen Monarchie würden also im Wesentlichen schon die Bedingungen für die im Kantischen Sinne republikanische Verfassung erfüllt sein.

Welt ist." Bietet nun auch die gepriesene Verfassung unter allen denkbaren die meisten Chancen für den gehofften Erfolg, so führt sie doch ebensowenig mit zwingender Kraft zu demselben hin, wie der zweite Definitivartikel, der die Forderung aufstellt, daß das Völkerrecht auf einen Föderalismus freier Staaten gegründet sein solle. Zwar ist dies nicht der denkbar kürzeste und geradeste Weg, sich dem gewünschten Ziele zu nähern, denn unstreitig würde die Idee einer Weltrepublik eine weit sicherere Bürgschaft für die Verwirklichung des ewigen Friedens bieten; allein die Forderung derselben, als einheitlichen Staates, wie wir sie kürzlich aus dem Munde des Präsidenten der vereinigten Staaten Nordamerikas vernommen haben, würde sich nicht vereinigen lassen mit der geschichtlich gegebenen Entwickelung einzelner getrennter Völker und Staaten; und wenn man nächstdem an einen Völkerstaat zu denken geneigt wäre, so muß seine Verwirklichung einfach scheitern an dem Widerspruch, der schon in dem Begriff liegt. Der einzige Weg, die Völker der Erde mit dem Bande dauernden Friedens zu umschlingen, würde also der bleiben, den Kant bereits in dem dritten seiner grundlegenden kritischen Werke*) angegeben hatte, daß nämlich ein Föderalismus freier, republikanischer Staaten ins Leben träte, ein festes, gesellschaftliches System aller Staaten, welches die Menschheit um das ganze Rund der Erde herum zu einem weltbürgerlichen Ganzen vereinigte. Einen solchen Föderalismus nennt Kant einen Friedensbund, im Gegensatze zu einem Friedensvertrage, welch letzterer nur einen Krieg, während jener alle auf immer zu endigen suchen würde. Das Bedenkliche dieses Vorschlags liegt auf der Hand; denn die Verwirklichung eines

---

*) Kritik der Urtheilskraft § 83. Hier sucht Kant nachzuweisen, daß der letzte Zweck, den man der Natur in Ansehung der Menschengattung beizulegen Ursache habe, die Cultur sei (die Hervorbringung der Tauglichkeit eines vernünftigen Wesens zu beliebigen Zwecken); dazu aber sei die formale Bedingung einmal die bürgerliche Gesellschaft, in der allein die größte Entwickelung der Naturanlagen möglich sei, sodann ein weltbürgerliches Ganze, d. i. ein System aller Staaten, die auf einander nachtheilig zu wirken in Gefahr seien.

solchen Völkerbundes kann nicht wohl anders gedacht werden, als unter der Voraussetzung der Abhängigkeit der einzelnen Glieder von öffentlichen, allgemeinen Gesetzen und des Zwanges für die einzelnen Staaten, sich der Gewalt derselben zu beugen. Und sobald dies der Fall wäre, würde das Wesen des Staates, die Grundbedingung seines Bestehens, wie sie schon Aristoteles bestimmte, seine Selbständigkeit und Selbstgenugsamkeit eine empfindliche Einschränkung erleiden und der Staat damit auf= hören, im vollen Sinne des Wortes Staat zu sein. Kant weist nun zwar den Gedanken an öffentliche Gesetze und öffentlichen Zwang ausdrücklich zurück und will die volle Selbständigkeit jedes Staates gewahrt wissen, aber wem möchte es nicht als ein allzukühnes, die Wirklichkeit mißachtendes Vertrauen erscheinen, wenn man die Aussicht, den Strom der rechtscheuenden, feind= seligen Neigung aufzuhalten, bloß auf den moralischen Willen der Staaten baut, gewisse allgemeine Grundsätze nicht zu ver= letzen? Es ist ein schönes Ideal, das Kant vorschwebt, aber seine Verwirklichung ist vielleicht erst in Jahrtausenden zu er= warten. Denn das Verhältniß der Staaten auf Erden, unzähligen Schwankungen ausgesetzt und gegen jede Störung empfindlich, scheint jene harmonische Vereinigung von freier Selbständigkeit und fügsamer Unterordnung unter eine höhere Gesetzmäßigkeit nicht zuzulassen, die wir im Weltenraume bewundern, wo jedes Sonnensystem, in sich vollkommen geschlossen, und sich selbst ge= nügend, doch als Ganzes wieder durch das unsichtbare Band der Gravitation Glied einer höheren Ordnung ist, deren Har= monie nach ewigen, unwandelbaren Gesetzen sich erhält. — Weiter aber beschränkt sich das Nebeneinander der Staaten nicht auf die großen politischen Beziehungen des Ganzen zum Ganzen, die Kant in dem besprochenen Artikel im Auge hat, sondern die wachsende Cultur bringt, je höher sie steigt, einen desto lebhafteren Austausch wie der Produkte und Waaren, so der Fertigkeiten und geistigen Errungenschaften mit sich. Wenn es unleugbar ist, daß dies eine Quelle von Zwistigkeiten und Zerwürfnissen werden kann, so ist Kants dritter Definitivartikel bestimmt, der

daraus zu besorgenden Gefahr, die übrigens schon nach den An=
schauungen unserer Zeit an Bedeutung wesentlich verloren hat,
vorzubeugen, indem er fordert, daß das Weltbürgerrecht in einer
allgemeinen Hospitalität bestehen solle. Es soll dies kein Gast=
recht sein, worauf der Fremde Anspruch machen könnte, sondern
ein Besuchsrecht, welches allen Menschen zustehen und den fried=
lichen Verkehr über die ganze Kugelfläche der Erde ermöglichen
soll. Auf diese Weise würden entfernte Welttheile friedlich in
Verhältnisse kommen, die zuletzt zu öffentlich anerkannten Grund=
sätzen führen und die Aussicht bieten würden, das menschliche
Geschlecht einer weltbürgerlichen Verfassung immer näher zu
bringen.

Niemand wird leugnen, daß diese Artikel dem menschlichen
Streben Ziele vorzeichnen, die würdig sind, daß wir unsere
Kraft dafür einsetzen. Aber das Menschen Streben bleibt Stück=
werk und mag es auch durch die reinste Erhabenheit der Ge=
sinnung geadelt sein, es trägt in sich noch keine Bürgschaft für
den Erfolg. Nicht ohne Enttäuschung und Wehmuth sehen wir
die schönsten und edelsten Anstrengungen menschlicher Kraft an
der unwiderstehlichen Macht der Verhältnisse scheitern und Blü=
then dahinsterben, die zur herrlichsten Frucht hätten reifen kön=
nen. Kommt also nicht noch etwas außer oder über uns Stehendes
hinzu, welches das menschliche Streben gewissermaßen in seinen
Dienst nimmt und nach höheren Gesetzen leitet, so müßten wir
vielleicht für immer auf Erreichung des hohen Zieles verzichten.
Aber was wir, bloß auf die eigene Kraft gestellt, niemals mit
Sicherheit zu erlangen hoffen dürfen, das zwingt uns, wie Kant
nachzuweisen sucht, die Natur und die Vorsehung selbst zu er=
reichen und leistet so die gewünschte Garantie des ewigen Frie=
dens. Aus dem Laufe der Natur, so meint er, leuchtet sicht=
barlich Zweckmäßigkeit hervor und ihre Veranstaltungen für die
Entwickelung des Menschengeschlechts sind derart, daß sie auf
eine endliche Erreichung des Zieles mit zwingender Macht hin=
führen. Kant betrachtet in dieser Hinsicht den Zustand, den die
Natur für die auf ihrem großen Schauplatze handelnden Per=

fonen vorbereitet habe. Er findet zunächst, daß sie ihren bevorzugten Kindern, den Menschen, überall eine gütige Mutter gewesen und ihnen in allen Erdgegenden die Möglichkeit gegeben habe, daselbst leben zu können. Mit sichtlicher Wärme preist er ihre Fürsorge, die in den kalten Einöden am Eismeer ebenso wie in den glühenden Sandwüsten Afrikas doch noch Mittel gefunden, dem Menschen das Dasein zu fristen. Und wie die Natur dafür gesorgt hat, daß Menschen allerwärts auf Erden leben könnten, so hat sie zugleich despotisch gewollt, daß sie allerwärts leben sollten und zu diesem ihrem Zweck zu gelangen hat sie den Krieg gewählt, der die Völker trennt, aus ihren Wohnsitzen verdrängt und auch die unwirthbarsten Gegenden aufzusuchen nöthigt. Er ist das Mittel, dessen sich die Natur bedient, die Erde allerwärts zu bevölkern.*) Und weiter treibt sie den Menschen, in gesetzliche Verhältnisse zu treten, Staaten zu bilden und Beziehungen der Staaten unter einander anzuknüpfen und zu befestigen.

Näher gerückt ist der Mensch an den Menschen. Enger wird um ihn,
Reger erwacht, es umwälzt rascher sich in ihm die Welt.
Sieh, da entbrennen in feurigem Kampf die eifernden Kräfte,
Großes wirket ihr Streit, Größeres wirket ihr Bund.

So sehr auch die selbstsüchtigen Neigungen der Einfügung in ein geordnetes Ganze zu widerstreben und dies selbst in Frage

---

*) Weit weniger bestimmt und nicht ganz in Uebereinstimmung hiermit äußert sich Kant über diesen Gegenstand in der Kritik der Urtheilskraft § 83, wo er den Krieg bezeichnet als einen unabsichtlichen, durch zügellose Leidenschaften angeregten Versuch der Menschen, doch tief verborgenen, vielleicht absichtlichen der obersten Weisheit, Gesetzmäßigkeit mit der Freiheit der Staaten und dadurch Einheit eines moralisch begründeten Systemes derselben, wo nicht zu stiften, dennoch vorzubereiten; weiter sagt er von ihm, daß er ungeachtet der schrecklichsten Drangsale, womit er das menschliche Geschlecht belegt und der vielleicht noch größeren, womit die beständige Bereitschaft dazu im Frieden drückt, dennoch eine Triebfeder mehr sei alle Talente, die zur Kultur dienen, bis zum höchsten Grade zu entwickeln.

Dieses Schwanken in den Ansichten Kants über denselben Gegenstand ist der beste Beleg für das Unhaltbare der teleologischen Beurtheilung der Dinge.

zu stellen scheinen, es kommt, wie Kant zu entwickeln sucht, nur auf eine geschickte Organisation des Staates an, um diese schädlichen Kräfte so auf einander zu richten, daß eine die andere in ihrer zerstörenden Wirkung aufhält, wie zwei Gifte, jedes für sich tödtlich, in ihrer Durchdringung und Wechselwirkung ihre zerstörende Kraft verlieren können. Die Natur will nach Kant unwiderstehlich, daß das Recht zuletzt die Obergewalt behalte, indem die bösen Kräfte, sich gegenseitig aufhebend, dem Guten den Sieg überlassen, ähnlich wie aus dem wogenden Kampfe der Dissonanzen sich der Zauber schöner Harmonie entwickelt. In Beziehung auf das Verhältniß der Völker unter einander hat die Natur, indem sie die Verschiedenheit der Sprachen und Religionen zuließ, zwar eine Absonderung vieler, von einander unabhängiger Staaten gewollt, aber bei wachsender Cultur und allmählicher Annäherung werden sie immer mehr in den Zustand dauernden Friedens übergehen. Das festeste und sicherste Band aber für friedliche Völkerverbrüderung, das mächtigste Schutzmittel gegen rohe, kriegerische Abenteuerlust ist der Handelsgeist, der früher oder später sich jedes Volkes bemächtigt und den Geist des Friedens befestigt.

So fügt sich für Kant der Zufall geschichtlicher Entwickelung unter das höhere Gesetz eines nothwendigen Fortschritts. Das in friedlichen Formen verkehrende weltbürgerliche Ganze ist die Aufgabe, die der menschlichen Cultur gestellt ist und zu zu deren Lösung die Natur den Menschen zwingt. Aber wie großartig und würdig diese Ansicht ist, in wie hohem Maaße sie unsern Wünschen für Veredlung der Menschheit schmeichelt, sie ist doch weit entfernt, allen Bedenken und Einwürfen Stand zu halten. Denn schon der flüchtigen Betrachtung drängt sich die Frage auf: ist die Geschichte der Menschheit eine endliche oder unendliche? Und keine von beiden Antworten genügt uns; denn ist sie unendlich, so würde das Ziel ihrer Ausbildung, das am Ende der Zukunft liegt, nie erreicht werden und wäre nichts; ist sie aber endlich und als solche muß Kant in gewissem Sinne sie ansehen, da er ihr ein in der Zeit nothwendig dereinst in Er-

scheinung tretendes Endziel giebt, so würde der Strom des Le=
bens in endloser Ruhe erstarren. Wir gerathen damit in Wider=
sprüche, wie sie sich überall da finden werden, wo wir im Laufe
der Natur und der Vorsehung Zweckmäßigkeit nicht bloß ahnen
und glauben, sondern wissenschaftlich begreifen wollen. Wollten
wir in festen Begriffen von Zwecken der Natur und der Vor=
sehung, von einem Endzweck der Entwickelung reden, wie es
Kant, wenn auch unter gewissen Beschränkungen, thut, so müß=
ten wir mit alles überschauendem Geiste den Gedanken der all=
mächtigen Leitung aller Dinge zu fassen wissen. Es gehörte dazu
jener von Laplace gedachte, übermenschliche Geist, der das Weltall
unter seine mathematischen Formeln zwänge. Wie der Astronom
den Tag vorher sagt, an dem nach Jahren ein Komet aus den
Tiefen des Weltraums am Himmelsgewölbe wieder auftaucht,
so würde dieser Geist, wie Du Bois Reymond jüngst in einem
geistvollen Vortrage*) bemerkte, in seinen Gleichungen den Tag
lesen, da das griechische Kreuz von der Sophienmoschee blitzen oder
da England seine letzte Steinkohle verbrennen wird. Wäre dies
gleich noch kein göttlicher Geist, so stünde er doch unendlich er=
haben über der Beschränktheit menschlicher Einsicht. Denn des
Menschen Blick faßt aus einem schrankenlos Unendlichen nur einen
kleinen Punkt und vermag selbst den nicht ganz zu durchschauen.
Unser Wissen um diesen einzelnen Moment des Erdenlebens steht
mit dem unendlichen Dasein aller Himmel in gar keinem Ver=
hältnisse. Und so könnten wir hiervon mit größerem Rechte
das sagen, was Socrates mit Unrecht von der Physik behaup=
tete, die Götter hätten nicht gewollt, daß dies Göttliche von den
Menschen eingesehen werde. Danach entbehren die Betrachtungen,
mit denen Kant den besprochenen Abschnitt einleitet, des wissen=
schaftlichen Haltes. Ob die Natur wirklich gewollt habe, daß
die Menschen überall wohnen, bleibt eben so zweifelhaft, wie
die weitere Behauptung, daß sie sich des Krieges als Mit=
tel bedient habe, den Erdball auch in seinen unwirthbarsten

---

*) Ueber die Grenzen des Naturerkennens. Leipzig 1872.

Theilen zu bevölkern. Hätte die Vorsehung gewollt, daß die Menschen überall wohnen, warum ließ sie den brennenden, unbewohnbaren Sand da liegen, wo die lachendsten Gefilde sein könnten? Und was den Krieg anlangt, was hindert uns, denselben im Gegensatz zu Kant als ein Mittel in der Hand des Schicksals zu betrachten, den Volksgeist vor Erschlaffung und Entartung zu bewahren, ihn mit frischem Hauch zu beleben und ihm die Anregung zu geben, deren er bedarf, um Gesundheit und Kraft sich zu erhalten? Niemand wird dieser Deutung das gleiche Recht mit der Kantischen absprechen, denn diese Fragen liegen jenseits der Grenze, bis zu welcher die beweisende Macht der Wissenschaft dringt. Diese kann zwar einen allmählichen Fortschritt in der Geschichte nachweisen, ein Reifen des Verstandes und ein Wachsen der Cultur, aber weder ein Endziel der Entwickelung angeben noch beurtheilen, welchen bestimmten Zwecken die Fügungen im Menschenleben und in der Geschichte dienen. Allein was einer wissenschaftlichen Erkenntniß nicht fähig ist, dessen Existenz überhaupt in Frage zu stellen, sind wir durchaus nicht berechtigt. Scharf scheidet sich das Reich des Begriffes und des Gefühls und das letztere bringt reichlich wieder ein, was wir auf Seiten des ersteren verloren geben mußten. Auch die beredtesten Einwände des scharfsinnigsten Verstandes werden dem frommen Gemüth sein Recht nicht rauben, für die freundlichen Fügungen eines gütigen Geschicks dankbar emporzublicken zu dem Schöpfer des Himmels und der Erde, Leid und Trübsal aber im Erdenleben hinzunehmen als Prüfungen, welche die ewige Güte uns auferlegt. So ist im Gefühl und im Glauben die Anerkennung einer höheren Macht lebendig, die nicht plan- und zwecklos über uns waltet, sondern nach unerforschlichem Rathschluß die Geschicke der einzelnen lenkt wie der Völker. Aber in den Begriffen einer Wissenschaft läßt sich die Sprache des Gefühls nicht festhalten. Versuchen wir dies dennoch, so streben wir wie Icarus auf Flügeln empor, die uns nimmermehr an das Ziel bringen werden. Nur einer unendlichen Einsicht ist das Ganze der Welt erschlossen; wir aber finden uns eingebannt in die Schranken von Raum und Zeit, die unwollendbar, nie überschaubar uns das ewige Sein der Dinge verhüllen; die Bestimmung des Menschen aber ist eine ewige, deren Gesetz kein irdisches Ohr gehört, kein irdisches Auge gesehen hat; den Schleier ihres Geheimnisses wird keine sterbliche Vernunft aufdecken.*)

Damit verliert denn die Ansicht Kants über die Gewähr des ewigen Friedens ihr Fundament und was er als ein siche= res Ergebniß geschichtlicher Entwickelung hinstellt, das kann uns zwar als wünschenswerth und möglich, nicht aber als nothwendiges Endziel erscheinen. Und Kant selbst, der nach dem Gang seiner Untersuchung mit dem eben besprochenen letzten Abschnitte das Problem als gelöst betrachten konnte, scheint doch das völlige Vertrauen in die Sicherheit seiner Voraus= sagungen nicht besessen zu haben; denn er kommt in dem zwei= ten Theile seiner Schrift der Frage noch von einer andern Seite bei, zu der er sich den Eingang bahnt durch einen ge= heimen Artikel, wie er ihn nennt, welcher die den Philosophen kennzeichnende Forderung enthält, daß für die Politik die Mei= nungen der Philosophen zu Rathe gezogen werden sollen. Wer gedächte dabei nicht des berühmten Ausspruchs Platos, den er auf die Gefahr hin that, von einer Fluth des Geläch= ters und des Hohnes überschüttet zu werden, daß an ein Auf= hören der Uebel für die Staaten und das menschliche Geschlecht nicht zu denken sei, wofern nicht die Philosophen Könige würden oder die Könige wahrhaft und gründlich Philosophie trieben. Aber so sehr auch der Kantische Satz an diesen platonischen Ausspruch erinnert, der Königsberger Philosoph, der gehorsame Bürger eines streng monarchischen Staates, fühlte zu wenig Beruf zum Herrschen in sich, als daß er den Worten seines kühnen Vorgängers seinen vollen und unbedingten Beifall hätte spenden können. Bescheidener als der Grieche will er nur, daß der Staat stillschweigend die Philosophen dazu auffordere, ihm

---

*) Die wissenschaftliche Begründung der hier gegebenen Andeu= tungen findet sich in Fries Kritik der Vernunft §. 215 ff. Vergl. auch Fries, Julius und Evagoras Bd. I. S. 307—333.

Belehrung zu geben, d. h. sie frei und öffentlich über die allgemeinen Maximen der Kriegführung und Friedensstiftung reden lasse.

Wenn Kant für die Wohlfahrt des Staates die Belehrung der Philosophen in Anspruch nimmt, so ahnt jeder, der mit dem Geiste seiner Philosophie vertraut ist, welches Ziel ihm dabei vorschwebt; es kann kein anderes sein, als daß jenen sittlichen Forderungen der Vernunft Gehör verschafft werde, die in ihrer großartigen Einfachheit wissenschaftlich entwickelt zu haben eins der unsterblichen Verdienste des Alten von Königsberg ist. Ließ uns die bisherige Betrachtung noch gewissermaßen an der Erde weilen, so lenkt dieser zweite Haupttheil unser Auge in himmlische Fernen. Der geheime Artikel ist zugleich das geheime Pförtchen, durch das der Philosoph der gemeinen Wirklichkeit vollends entschlüpft. Es eröffnet sich uns der Blick auf jene großartige, ideale Lehre, die so unendlich viel strenger scheint als die griechische Tugendlehre, und doch so unendlich viel freundlicher und menschenwürdiger ist. Die griechische Ethik hatte, getreu dem sokratischen Grundgedanken, ein schönes und erhabenes Ideal des Charakters gezeichnet. Sie hatte die Grundzüge desselben nach dem Unterschied der vier Cardinaltugenden in Tapferkeit, Mäßigung, Weisheit und Gerechtigkeit geschildert und das Ganze im Bilde des Weisen vereinigt, welchem ähnlich zu werden das höchste Ziel des Philosophen sein sollte. Aber die Lehre, daß nur der Philosoph wahrhaft zur Tugend gelangen könne, machte die sittliche Vollkommenheit abhängig von der wissenschaftlichen Ausbildung der Einsicht und gab der ganzen Ansicht jenes ausschließend aristokratische Gepräge, das sie so scharf von unsrer christlichen Anschauung scheidet. Erst durch das Christenthum ward auch den Armen das Evangelium gepredigt und an die Stelle der griechischen Ethik, welche eine wissenschaftliche Erkenntniß des Guten nicht nur forderte, sondern in ihr schon das Gute selbst fand, trat die beseligende Lehre der Liebe, vor der die Unschuld und Einfalt des Herzens einen höheren Werth hat, als die

höchste Bildung des Verstandes. Weiterbauend auf den ein=
fachen Grundgedanken der christlichen Lehre gelangte Kant zu
jener Formulirung des Sittengesetzes, die als kategorischer Im=
perativ auch in weiteren Kreisen mit dem Namen Kants auf
das engste verknüpft ist. Man kann es das Weltgesetz des Guten
nennen, denn es suchte zuerst wissenschaftlich die Idee der per=
sönlichen Würde des Menschen und der erhabenen sittlichen
Nothwendigkeit, welche uns dem Gebot der Menschenwürde un=
terwirft, zur Geltung zu bringen, indem es als nothwendige
Forderung der Vernunft hinstellte, so zu handeln, daß man die
Menschheit sowohl in der eigenen Person, als in der Person
eines jeden anderen jederzeit als Zweck, niemals bloß als Mittel
betrachten dürfe. Diese Grundforderung auch zum Princip der
Politik erhoben zu sehen, ist der Wunsch, dessen Besprechung
der letzte Theil der Kantischen Schrift gewidmet ist.

Kant versucht zunächst den Nachweis, daß ein Widerspruch
zwischen Politik und Moral, welche die herrschende Tages=
meinung allerdings nicht selten als Gegensätze zu fassen liebt,
an sich durchaus nicht nothwendig stattfinde, daß vielmehr beide,
jene als ausübende Rechtslehre, diese als theoretische, in Ein=
klang stehen können; für ihn ist kein Zweifel, daß der Grund=
satz der Politik „seid klug wie die Schlangen“ mit der ein=
schränkenden Bedingung, welche die Moral hinzusetzt „und ohne
Falsch wie die Tauben“ in einem Gebote nicht nur zusammen=
bestehen können, sondern, wofern die Vernunft gehört wird,
auch zusammenbestehen müssen. So häufig auch dem Satze,
daß Ehrlichkeit die beste Politik ist, die Praxis widerspricht —
wenn es überhaupt ein moralisches Gesetz gibt und die Politik
nicht bloß in der Kunst bestehen soll, den Mechanismus der
Natur zur Regierung der Menschen zu benutzen, so muß die
Vereinbarkeit beider eingeräumt werden. So wird denn Kant
zu der Antithese geführt, daß es zwar einen moralischen Poli=
tiker geben dürfe, d. i. einen, der die Principien der Staats=
klugheit der Moral unterordnet, nicht aber einen politischen
Moralisten, der sich eine Moral so schmiedet, wie es der Vor=

theil des Staatsmanns sich zuträglich findet. Wenn der erstere überall und immer anerkennt, daß die Idee des Guten kein leerer Wahn ist und demnach mit allen seinen Maßregeln auf eine allmähliche moralische Veredlung der Menschen bedacht ist, betet der letztere allein den praktischen Erfolg an und sucht zwar seine oft rechtswidrigen Staatsprincipien durch eine Scheinmoral zu beschönigen, aber verewigt doch die Rechtsverletzung unter dem Vorwande, daß die menschliche Natur des wahrhaft Guten nicht fähig sei. Er mag immerhin auch den ewigen Frieden, weil ihn die Klugheit ihm als heilsam für das äußere Glück und den Wohlstand des Volkes erscheinen läßt, wünschen und als Ziel seines Strebens sich setzen; aber er thut es eben um dieses Zweckes willen. Der moralische Politiker hingegen hat zunächst gar nicht den Zweck im Auge, sondern faßt seine Aufgabe als eine rein sittliche. Nicht die zu hoffende Wohlfahrt und Glückseligkeit des Staats ist für ihn das treibende Moment, sodern der reine Begriff der Rechtspflicht, die physischen Folgen daraus mögen sein, welche sie wollen. Und in diesem Sinne behält der alte Satz seine volle Bedeutung, „fiat iustitia, pereat mundus," es walte das Recht, die Welt möge darüber zu Grunde gehen.

Aber je weniger sich der wahrhaft moralische Staatsmann um den äußern Erfolg kümmert, desto mehr wird ungesucht sein Verhalten mit dem erstrebten Ziele zusammenstimmen. „Trachtet allererst," sind Kants eigene Worte, „nach dem Reiche der reinen praktischen Vernunft und nach seiner Gerechtigkeit, so wird euch euer Zweck, die Wohlthat des ewigen Friedens von selbst zu Theil werden. Die wahre Politik kann keinen Schritt thun, ohne vorher der Moral gehuldigt zu haben und wenn auch Politik für sich selbst eine schwere Kunst ist, so ist doch Vereinigung derselben mit der Moral gar keine Kunst; denn diese haut den Knoten entzwei, den jene nicht aufzulösen vermag, sobald beide einander widerstreiten. Das Recht muß dem Menschen heilig gehalten werden, der herrschenden Gewalt mag es auch noch so große Aufopferung kosten. Alle Politik muß ihre Kniee vor demselben beugen, kann aber dafür auch hoffen, ob zwar langsam, zu der Stufe zu gelangen, wo sie beharrlich glänzen wird.“

Dies ist offenbar die wahrhaft philosophische Lösung der Frage. Hier erscheint, was in dem ersten Theil ohne zureichenden Grund als ein nothwendiges Resultat geschichtlicher Entwickelung hingestellt wurde, als abhängig von einer Bedingung, deren Eintreten wohl als möglich gedacht, nicht aber mit Sicherheit erwartet werden kann. Nach dem ersten Theil würde der Friede nur durch ein künstliches Gleichgewicht der Kräfte hergestellt sein und eben deshalb keinen Anspruch auf dauernden Bestand haben, nach dem zweiten würde er, als das Werk der auf vollendeter sittlicher Läuterung beruhenden Weisheit, die Gewähr ununterbrochener Dauer mit sich führen. Mit der Verwirklichung des moralischen Gesetzes würde uns der ewige Friede wie eine reife Frucht von selbst zufallen. Wir können uns nun zwar nicht zu Wahrsagern aufwerfen darüber, ob in beständig fortschreitender Entwickelung die Menschheit jemals zu dieser erhabenen Höhe sittlicher Vollkommenheit gelangen wird; denn das sittliche Wollen hat seinen unversöhnlichen, nie rastenden Widersacher im sinnlichen Trieb, der jenes im Leben selten zur vollen Entfaltung kommen läßt. Aber sicher sollen die idealen Forderungen, welche die Vernunft uns stellt, uns immerdar, wie die Sterne dem Schiffer, als die unverrückbaren Richtpunkte unseres Strebens vorschweben, mag uns auch, wie den Seemann die Störungen von Wind und Wetter, die Macht der Sinnlichkeit hundertmal aus der Richtung schleudern. Kaum faßbar erscheint es uns, daß je eine Zeit kommen könne, die in den herrlichen Liedern eines Tyrtäus, in den Schlachtengesängen eines Gleim und Körner den Ausdruck einer verabscheuungswürdigen Regung menschlicher Leidenschaft sehen würde. Aber die Philosophie hat das Recht, mit ihren Forderungen über die Anschauungen des Tages hinauszugreifen und Ideale zu zeichnen, deren Verwirklichung sie erst in der fernsten Perspective der Geschichte schaut. Sie wird, wenn sie immer und unermüdlich ihr Gewicht in die Wagschale der Idealität wirft, die andere Wagschale, den Ungestüm sinnlicher Begierde, zwar nie ganz in die Höhe schnellen, aber schon viel erreicht haben, wenn es ihr gelingt, ein heilsames Gleichgewicht herzustellen. Und so werden wir auch, wofern wir mit Recht unserm Volke vor andern Empfänglichkeit für ideale Ziele nachrühmen, die in dem Kantischen Schriftchen niedergelegten Ansichten und Hoffnungen für etwas mehr halten, als für den Traum eines müssigen Kopfes. Sie sind der edle Ausdruck jener erhabenen Sehnsucht, welche in unaufhörlichem Läuterungsproceß das Unvollendete dem Vollendeten genähert, die Unzulänglichkeit des Erdenlebens verklärt sehen möchte durch einen Schimmer der Ewigkeit. Sie sind der Ausdruck jener Sehnsucht, die schon den Propheten Jesaias beseelte, wenn er eine Zeit verkündete, da die Völker ihre Schwerter zu Pflugschaaren und ihre Speere zu Sicheln machen werden. Und ein Hauch dieser Sehnsucht durchweht auch die herrlichen Worte unsers Kaisers, mit denen er die oben berührte Eröffnungsrede schließt: „Möge die Wiederherstellung des deutschen Reiches," so sagt er, „für die deutsche Nation auch nach Innen das Wahrzeichen neuer Größe sein; möge dem deutschen Reichskriege, den wir so ruhmreich geführt, ein nicht minder glorreicher Reichsfrieden folgen, und möge die Aufgabe des deutschen Volkes fortan darin beschlossen sein, sich in dem Wettkampf um die Güter des Friedens als Sieger zu erweisen."